2024

铸牢中华民族共同体意识

中国少数民族文学之星丛书

桑树下的迁徙

马永霞

——

著

作家出版社

编委会名单

以民族的情意，打造文学的星辰

——"中国少数民族文学之星"丛书总序

邱华栋　彭学明

"铸牢中华民族共同体意识——中国少数民族文学之星"丛书是中国作家协会少数民族文学发展工程的项目之一，于 2018 年开始实施，由中国作家协会创作联络部具体组织落实。出版这套丛书的初衷，是在少数民族文学创作领域贯彻落实习近平文化思想，不断夯实铸牢中华民族共同体意识的文学责任，培养少数民族文学中青年作家，打造少数民族文学精品，为那些已经在少数民族文学界和全国文学界成绩斐然、广有影响的少数民族中青年作家再助一力，再送一程，从而把少数民族文学最优秀的中青年作家集结在一起，以最整齐的队伍、最有力的步伐、最亮丽的身影，走向文学的新高地，迈向文学的高峰，让少数民族文学的星空星光灿烂，少数民族文学的长河奔流不息。以文学的初心，繁荣民族的事业；以民族的情意，打造文学的星辰。

入选"中国少数民族文学之星"丛书的作家，必须是年龄在 50 岁以下的、在少数民族文学界和全国文学界广有影响的少数民族作家。不管是否出版过文学书籍，只要其作品经过本人申请申报、各团体会员单位推荐报送、专家评审论证和中国作协书记处审批而入选的，中国作协将在出版前为其召开改稿会，请专家为其作品望闻问切，以修改作品存在的不足，减少作品出版后无法弥补的遗憾。待其作品修改好后，由中国作协统一安排出版，并进行广泛的宣传推广。

中国是一个多民族的大家庭。每一个民族都沐浴着党的民族政策的光辉、感受着党的民族政策的温暖，都在党的民族政策关怀下，蓬勃发展，欣欣向荣。在这个伟大的新时代，我们正创造着中华民族的新辉煌。每一个民族的发展与巨变，每一个民族的气象与品质，都给我们提供了生生不息的创作源泉。我们每一个民族作家，都应该以一种民族自豪感，去拥抱我们的民族，以一种民族责任感，为我们的民族奉献。用崇高的文学理想，去书写民族的幸福与荣光、讴歌民族的伟大与高尚；以文学的民族情怀，去观照民族的人心与人生、传递民族的精神与力量。

我们期待每一位少数民族作家，都能够到火热的生活中去，到广大的人民中去，立心，扎根，有为，为初心千回百转，为文学千锤百炼，写出拿得出、立得住、走得远、留得下的文学精品。不负时代。不负民族。不负使命。

目录

〰

第二辑　验证

桑树的指向和证词

王　族

　　从历史和现实境况而言，桑树都是极富诗意和梦幻般的植物。桑树在丝绸之路历史上曾留下古代东国公主暗传蚕种的典故，亦有东汉刘秀在生命危急之际因桑葚得以活命的事件，还有于阗王国的丝绸与高昌（今吐鲁番）以物易物的交流，都让桑树在发黄的史册中散发出光芒，使桑树与人类命运的结合，以熠熠生光方式震古烁今。

　　那么，在素有"火洲"之称，年降水量极为有限、植被极难生长存活的吐鲁番，桑树与诗歌之间会有怎样的关系？或者说，对本诗集作者马永霞的出生地吐鲁番鄯善县来说，桑树又是怎样的一种植物，它在诗人马永霞眼里，又具有怎样的生命和使命召唤，促使马永霞把"桑树"作为吟咏意象一再抒写，这里面蕴含着怎样的关系？在诗集第二辑篇章页，马永霞引用的诗句，或多或少是一种印证：

　　　　在吐鲁番盆地，北风
　　　　会把一个人的脸雕刻得更加干净
　　　　西北腹地，空气则潜藏得很深
　　　　代替它流动的是羊群和阳光

　　或许，地域问题与诗歌没有多大关系，它可能更适合历史学、哲学和社会学范畴。如何归置，则取决于个体（思考者）的出发角度，或者如何在精神方面进行取向。吐鲁番是丝绸之路的十字路口，英国历史学家阿诺德·约瑟夫·汤因比和日本学者池田大作曾有一个对话，池田大作问汤因比，假如你可以选择自己的出生地，你愿意让自己出生在哪里？汤因比回答，如果真的可以选择，我愿意让自己出生在西域时期的塔里木盆地，因为开启西域历史的钥匙就遗落在那里。汤因比假设的出生地，自古以来东西方文化交流交汇，形成璀璨夺目的丝绸之路文明，为东方丝绸走向西方、西方瓜果器皿走向东方起到了不可忽略的作用。在今天看来，历史犹如深邃的眼眸，不论谁与它对视都会被其摄魂吸魄，陷入厚重的时间长河中不可自拔。这也就是当下诗人如何观望历史，如何衡量地域或出生地对自我（诗歌写作）起到了怎样的影响或制约的关键所在。

　　吐鲁番盆地的桑树，无论是在历史记载中，还是在马永霞的具体生活场景里，都有言之不尽的深远意境。因此，她的诗歌相比于历史或学术研究，就多了一份灵动和自由优势。比如《索取》：

　　　　你的眼睛

　　　　走不出我的眼睛

　　　　它们夺走我，把我放在

　　　　行走在沙漠的骆驼背上

　　　　如果不是你的出现

　　　　雨会一直下在我的沉默里

　　　　现在，我只想说

请离开我的视线

那样，我会一直寻找你

那样，你会一直看着我

　　马永霞的诗歌，大致就给人一种既有桑树作为历史之物，在她的成长中成为具体指向，又有颇为深刻的个体生命的展示，让人觉得她的诗的出处，犹如庞大的桑树一样具有深远的根源。作品的根源，无论在小说、散文和诗歌中，都显得尤为重要。它会让诗歌和诗人呈现出可信可靠的信息，也就是说一位诗人写下的诗句，一定在字词之间潜藏着某些确切的影子——生命、家族、故乡、精神、灵魂、记忆、怜悯等，不一而足。有了这些诗意幻化中的具体物象，会让阅读者寻觅到诗人从哪里来，借以诗歌表达要到哪里去。

　　读马永霞的诗歌，最直接的感觉是，她诗歌的生活亮色和气息会扑面而来，让人感到无论快乐还是痛苦，都犹如正在呼啸的狂风骤雨，在苍茫大地上恣肆旋转，把人世生生不息的力量，听命或完成于使命和责任。犹记得在吐鲁番地区鄯善县的吐峪沟村，曾见到一群老人成排坐在桑树下晒太阳，仔细一看便发现了有趣的一面，他们严格按照六十岁、七十岁、八十岁的顺序依次而坐，绝不打乱年龄而乱坐。他们就那样坐在桑树下有一句没一句地说着什么，太阳照在他们身上，使他们显得安然从容，怡然自得。在吐峪沟的另一户人家门口，每到用餐时间，便有一位老人从大门里出来，揪住桑树枝条捋下桑葚，吃上一阵后心满意足归去。老人因年迈吃不了多少东西，每顿吃桑葚即可解决。这样的具体场景或生存景象，在马永霞的诗中比比皆是，她敏感地将其抓住，写出了她体验和感触到的诗歌。譬如《桑树下的迁徙》：

古老的桑树下

一位老人头枕树荫

一汪岁月的山泉

流经他正午的梦香

我看到这片失落的文明

还有山坡上层层叠叠的灵屋

正以另一种形式繁衍——

生者无声无息

亡者雀跃不已

同样的诗歌还有《暗光里的亲人》，对桑树的贴近则更加确切，并呈现出"人在桑树下"的具体生活，亦将人归结为对命运安排的思考，所见所闻已不是昔日记忆，而是历经岁月蹉跎后的沉默和厚重，并从中找到生存于此的人群（也可视为诗人自己），其精神支柱和世界形态合二为一的神秘密码。在这一刻，诗人的目光落到了实处，"出生地"或者"故乡"不再是符号或名词，而是沉淀于内心的宁静湖泊，在于无声处涌现出生命激流：

当她归来，桑树

还没有结果。红桑葚，白桑葚

她不知道，已被私下买卖

巷口打馕的年轻师傅

如今已经老了。他依旧

为众多来往的人
制作香喷喷的馕

当她归来，看见一棵棵桑树
已被人砍掉。晌午的巷口
正飘出新鲜馕饼的味道

天空还是蓝的。春天
正以一棵树倒下的速度铺开
四周，一下子空阔了许多

从一棵桑树出发的并非只是人生，也许还有精神和心灵的不自觉漂
泊。马永霞诗歌中的桑树，虽然很明显地附着于吐鲁番这一具体地域，
但却不是单一的依附，相反却更多地呈现出精神与外界（世界）撞碰后
的火花迸灭，让人不仅看到诗人的阵痛，亦看到世界的复杂和秘不示人
的纠结。这时候的诗人，因为难舍近在咫尺的心灵渴望，总是深陷其中
不能自拔，在"故乡—心灵—外界"的繁复扭结之中，目光为之不适，
身体为之隐痛，而生命之甘苦或个中滋味，却犹如桑树上慢慢升高的月
亮，越加皎洁反而越加遥远。此时唯一青睐诗人或光顾于其内心的声
音，一定是犹如喃喃自语或若有若无的诗句。写作，是此时此刻的诗人
获得救赎的唯一方式，即使其诗意犹如精灵一样一闪即逝，但给诗人带
来的慰悦感仍然是别的事物无法替代的。

但即便如此，马永霞仍然在诗中谨慎地选择了告别。她知道，任何
一种事物都会因其具有明确的指向性，必然存在"再出发"，或者迟早
会在下一个十字路口与自己的命运重新相遇，所以，她小心翼翼地把故

乡作为出发地，开始了一种观望。正如罗曼·罗兰所说："痛苦这把刀子，一方面割破了你的心，一方面掘出生命新的水源。田野又是开花，但已不是上一个春天的花。"因为从阵痛和裂变中出发的马永霞，身上明显附带着难以割舍的根源（也许任何人都不能轻易割舍）。这样的边走边想，让她犹如听到很多声音，在倾听和感念的绵密交织中，慢慢在心灵中感受到了慰勉。在《试着飞行》一诗中，这种"旧我—嬗变—新生"的心灵变化体现得淋漓尽致：

> 从没经过那样的陡坡
>
> 刹车失灵的自行车上
>
> 我借着惯性，完成了一次极速俯冲
>
> 在惊心动魄中实现了飞翔的梦想
>
> 我曾骑在父亲的脖颈
>
> 在一段平路上有过类似的冲刺
>
> 父亲，你是否也借爷爷的肩膀
>
> 有过同样的飞翔？你们不用自行车
>
> 而是用速度更慢的架子车

再比如这首《学习沉默》，亦是诗人在命运变化下的阵痛体验。有了这样的阵痛，生命便变得越来越具体，其内心充满强大的自信和安全感。亲人是上帝安排的镜子，从对方身上可以看到影射自己的具体信息。这首诗既有马永霞的生命体验和感悟，又有对亲人的理解和宽容，在她看来，任何时候的生存都有意义，因为不论轻松或者沉重，其实都是对生活的屈从或接纳。人活着，又有谁不在这种情况中挣扎和沉浮：

儿时，为了将黄昏拥入怀中

我爬上后院的桑树

与桑叶一起被风吹

黄昏一直沉默不语

我将沉默交给黄昏

小小的沉默，随母亲在

清贫而富足的锅里沸腾

后来，我见过众多沉默

见过从未见过自己父亲的孤儿

在眼泪中的沉默

见过女人沉陷在眉睫上的沉默

见过大千世界的沉默

而我，在学习母亲

那样沉默，那样从容

　　马永霞的这部诗集中的作品，给人总体的感觉是扩展开了"出发—观照—思考"的精神嬗变过程，从中也可看出她的成长或者为成长付出的代价。一个人走得再远，遭遇的欢乐或痛苦再多，都会被世界（命运）刻画成心灵上的生命年轮，经过岁月打磨之后，最终会变成与诗人暗自对应的密码，并孕育诸多感悟和体会，让诗人不知不觉写下诗歌。比如《三只飞过乌拉泊的白鸟》：

当布谷鸟从树林里出发

当六月的秧苗

等到蓝天和水田的好时光

金灿灿的金鸡菊和露珠

敲打出一个个金盘

潜心聆听，总有一只寂静的鸟儿

每天都会戛然而止

鸣叫的鸟，沉默的鸟

更像小榆树在金色倒影里的

流动，或者不流动

我曾经以为那是明亮的光

我曾经以为光不会有倒影

飞过乌拉泊的三只白鸟

不认识的鸟更像是鸟

它们不曾存在

我无法表述它们和一只乌鸦的区别

无法区别芦苇的叶子

低垂向水面的速度

一个用诗也无法捕捉的清晨

这么快地离开了我

　　从故乡出发的马永霞，在出发的一刻也许就已经在回归。只是她出发时在凝视世界，而回归时却在凝视自己。读马永霞的诗歌，得到的收获或启示便是如此。马永霞的所见、所思、所感，都有确切而牢固的根源，无论是抒情还是反思，都格外引人注目。马永霞的诗歌凸现出强烈的"我手写我心"的特点，她有生活，于是就有了这些诗歌。她将精神向度和心灵深度统一到了和谐的抒写之中，突出了诗歌艺术效果，亦让她的出生地、故乡和桑树，都在这部诗集中变成了证词。这种证词，是诗人与诗歌相遇时紧紧抓住的光束，历久弥坚，永远闪烁光芒。

　　　　　　　　　　　　　　　2024 年 7 月 7 日于乌鲁木齐

第一辑

请用一棵桑树纪念我

我能记住的事情越来越少
我爱的人都已离开库木塔格沙漠
只剩下这只乌鸦
和它眼里落日的苍黄

——《无畏的告别》

出生地

当她归来，桑树
还没有结果。红桑葚，白桑葚
她不知道，已被私下买卖

巷口打馕的年轻师傅
如今已经老了。他依旧
为众多来往的人
制作香喷喷的馕

当她归来，看见一棵棵桑树
已被人砍掉。晌午的巷口
正飘出新鲜馕饼的味道

天空还是蓝的。春天
正以一棵树倒下的速度铺开
四周，一下子空阔了许多

《当代》2024 年第 1 期

暗光里的亲人

底色越来越淡
一位老人带走了黑夜
奔跑的猫，无处栖息

无法调低目光的亮度
就像无法拉长影子的长度
影子也会燃尽
像多年前，我们围坐过的篝火

火光里，有我们的亲人
黑暗里，有我们的亲人

桑树下的迁徙

古老的桑树下

一位老人头枕树荫

一汪岁月的山泉

流经他正午的梦香

我看到这片失落的文明

还有山坡上层层叠叠的灵屋

正以另一种形式繁衍——

生者无声无息

亡者雀跃不已

请用一棵桑树纪念我

在皑皑白雪的桑树门前
四下无人的孤独与自在，油然而生
镜头对焦的失衡，模糊了画面
也模糊了视线

破旧的门板，尘封的时空里
还有人烟兴旺时，物件的留存
只是时间太长，长到摄影师都忘记
去完成这场作品的拍摄
当你看尽人群的迷茫
请用一棵桑树纪念我

重 返

为什么要漫长的一生

一天已足够

叶落一地

没有凋零的萧瑟

也没有得到和失去的悲欣

树叶平和的心境

像是回到了故园

开启门锁

落叶一地

没有人打扫的庭院

已没有人迹

你在人世间要静悄悄的

你曾经逃离天堂

你曾经要远走高飞

最终像落叶一样回到那棵树上

等一年过到秋日

没有任何一个秋天

高过我居住的楼下

围着楼房，走进绚丽的秋

一条必然之路

谁也比不上秋天的速度

落叶随之而来

清爽的小清新无可超越

鸟叫少了

复归平静的仍然是一尘不染的蓝天

白杨树、葡萄树、桑树、沙枣树

陪桑树落下一片片叶子

陪这一年到达秋日

一颗会开花的石头

一个男人突然起身

离开人满为患的会场

所有人的眼球，都掉到他身上

他已顾不了太多

像一道光，冲向目的地

——妻子，隔着玻璃

在对他说着什么

他望着她

隔着眼睛流出海水

模糊不清的人影，交错

分开一个个新的生命

就像从天上掉下的陨石

砸到地上又回到石头

从梦中醒来，他

长久地看着熟睡的妻子

这时，他还不知道

她，就是一颗开花的石头

雪重建了大地

我曾在一个虚构的夜晚
与故乡争辩，变成
一块木板漂浮在海上
承载着麦田与血缘

漫天飞雪，让陆地变为羊群
牧羊人昏睡不醒，兀立雪中
像一尊雕塑
风替他挥舞着手中的鞭子

所有的雪落下来
重建了孩子的世界

善良的人啊
切勿用虚拟之水洗身
你看，旷野上奔跑着赤身的孩子

你能为我带路吗

把夜关在门外。这时
寂静的命运向他呈现了
一朵叫百合的花朵

素雅的洁白，蒙住窗玻璃上的大雪
渐渐模糊的容颜，再次变得清晰

——请带给我一个声音
熟悉的声音
大雪中，我的弟弟回来了
他并没有死去

试着飞行

从没经过那样的陡坡

刹车失灵的自行车上

我借着惯性，完成了一次极速俯冲

在惊心动魄中实现了飞翔的梦想

我曾骑在父亲的脖颈

在一段平路上有过类似的冲刺

父亲，你是否也借爷爷的肩膀

有过同样的飞翔？你们不用自行车

而是用速度更慢的架子车

最后一场纪念

她以拥抱的姿势

来到这个世界

以拥抱的姿势

离开，为互相取暖

荣 光

让稻草人听话，就给它衣服
帽子，固定的职业

给它辽阔，守着一生最荣光的大地
有照看不过来的辛酸

一　生

阳光，减去黑夜
就是我们的一生

院里的光阴

六月的夜里，又梦到那个院子
石榴花开着，却没有人出现
只是我，寻找那些挂了多年的照片

那些积攒起来的每一个瞬间
蹒跚的脚步和白了的头发
一辈子粗茶淡饭的生活
知足，勤勉，乐观
在门台和院子之间
谈话声和鸟声相互应答
杨树和桑树的树荫
砖茶的醇香也是知足的美味

风箱，扁担
灯罩上落满灰尘的马灯
雨夜里，父亲曾经提着它飘摇不定
那些账本上
如今还是父亲的手笔
在门庭下记载着长短不齐的笔迹

却没有记下劳动的艰辛

还有孩子们的生日

一笔一画

写得清清楚楚明明白白

他们舍不得吃的蜂蜜

应该有了二十年

很多次我都想尝一下

用于掩饰我无法忘却的家乡苦味

但我还是把那些蜂蜜密封起来

放在早已破败的书架边上

一半是回忆，一半是期待

等我年老的时候

那些甜蜜一直还在

我仍然不想打开

就像不想触碰忍不住的泪水

葡萄园里除了葡萄还有什么

葡萄园里除了葡萄还有什么
葡萄藤多年不见
那个叫阿娜尔罕的女孩子
只有从她小女儿的面孔上
能看到她小时候的模样

葡萄花开一夜就落
多短啊，等我再次闻到葡萄花香
不用掰着指头数
倏忽间，已过去漫长的
三十年

那时候我们多小啊
经过一条小径去往葡萄园
经过抽水机隆隆作响的水井时
我们会把清洌的井水灌满瓦罐
手搓一穗葡萄花放进去
哪怕天堂里的清香
还能怎样

故乡凌晨四点的鸟鸣

故乡凌晨四点的鸟鸣

悬在星星与桑树之间

在农历五月二十五日的

下弦月边

没有更多的夜晚属于我

这只鸟叫了千遍之后

多少宁静的梦突然醒来

鸟开始反刍

我陷入更大的迷茫

成长的视野

在西北鄯善边地，我成长的村庄
我常常想起那些夜色中的木卡姆乐曲
敲响在空中，互相碰撞
我的耳朵聆听着风的喧嚣

不抱怨，雨水又一次打湿墙头
我曾穿衣下炕，出门左拐，深入世界
不抱怨，羊粪的味道被提取至空气
我曾多次在阳光未升起前重述自身

有时，我怀念骨头，空虚的生命
我踏着干草，碾压着消失掉的时光
有时，我扒开土地，塞种子进去
我相信无限，凝望着夏日傍晚的余晖

有时，我跪在后山幻想数十年后的模样
我的无名乡亲终将被人们遗忘
一口井，像一只眼睛，打量着我
若有若无的光泽，我告辞的时候它逐渐干涸

有时，若我起得很早，影子会被拉得很长
我戴上帽子，一脚踢开石头
如同铧一样犁开土地，拖着一条长尾的划痕

《回族文学》2023 年第 4 期

学习沉默

儿时，为了将黄昏拥入怀中
我爬上后院的桑树
与桑叶一起被风吹
黄昏一直沉默不语

我将沉默交给黄昏
小小的沉默，随母亲在
清贫而富足的锅里沸腾

后来，我见过众多沉默
见过从未见过自己父亲的孤儿
在眼泪中的沉默
见过女人沉陷在眉睫上的沉默
见过大千世界的沉默
而我，在学习母亲
那样沉默，那样从容

《回族文学》2023 年第 4 期

这世间一定有一个孩子让你流泪

这世间，一定有一个孩子让你流泪

他或是在亚洲，非洲，南美洲……

他或是在上古，秦汉，唐朝……

他会在你流泪时，站在你身边

也会在你忘掉他时

就忽地突然出现

他是娇弱的，他是纯粹的

他在帮这个世间洗白

让一切盘旋后回到最初

唤醒自己

那些受命于人的云

太阳被含在一大团云彩里
出来得有些吃力
我看他费劲地攀爬了几次
云层太厚，索性不动
彻底看不见了

其实不光太阳
这一早上，目光所及
整个地平线，连着天
都泡在白色的大海里
那些受命于人的云一定
带着特殊的指令

这一早上，他们层层叠叠
显得拥挤又热闹
是不是，又一年快到了
他们忍不住要看看那些
地上的亲人

鸟儿在高处

在返回二道桥的路上
有两只鸟我很熟悉
这些天，它们总是落在
同一棵树的同一根枝杈上
那里没有巢穴，它们不像在捕食
冬天了，地上的人满眼萧瑟
它们一直站在高处，置身事外

它们也许是老友、情人或同谋者
那根树杈是它们的秘密之地
在这个冬天，它们的声音吵闹却自然
大过了很多悲伤

三只飞过乌拉泊的白鸟

当布谷鸟从树林里出发

当六月的秧苗

等到蓝天和水田的好时光

金灿灿的金鸡菊和露珠

敲打出一个个金盘

潜心聆听，总有一只寂静的鸟儿

每天都会戛然而止

鸣叫的鸟，沉默的鸟

更像小榆树在金色倒影里的

流动，或者不流动

我曾经以为那是明亮的光

我曾经以为光不会有倒影

飞过乌拉泊的三只白鸟

不认识的鸟更像是鸟

它们不曾存在

我无法表述它们和一只乌鸦的区别

无法区别芦苇的叶子

低垂向水面的速度
一个用诗也无法捕捉的清晨
这么快地离开了我

搏 斗

沙枣树没有了簇拥一夜的阴影

它们被铁打的雪花击打

一整天在树木间飞逝的蝴蝶

没有过多的期待

却比黄昏的晚祷声

还要长久，还要坚强

划过山坡的，是寒冽的山

高不可攀的红彤彤的云中

它们像一次次求助

你们到达的，你们离开的

红山里的雪，你曾经踏上它的雪径

你曾记住雪写满山中的溪流

雪从来没有刻痕

雪从来从山中出发

它们燃烧着发号施令

你要从第一朵雪花开始屏住呼吸

你要带上弓箭和刀剑

与雪花展开一整个冬日的搏斗

漫长的冬天

总难忘那个迎风上学时的少年
读"忽如一夜春风来"，回家路上
围绕在一棵红髯飘拂的白杨树下
总难忘那个饥肠辘辘的春天

总想起那个被杏花香围攻的校园
嫌图书馆藏书太少，熄灯时间太早
在回家的阁楼上读蛙声一片
秉烛的夜里背上小溪蜿蜒
总想起一个饕餮者夏日的无眠

更记得那个踩着落叶回家的夜晚
渴望生一场病　渴望住一回院
看同学抽着陀螺仿佛自己头上也有
一条皮鞭，不敢停下旋转的速度
不敢想人生还有个漫长的冬天

拥 有

鸽子振翅的哗然掀翻一座座广场
青铜雕像的铭文和花环旁
喷泉的水柱洗涤、耕耘时光与影子
莫名的感动正索取透明的秒针

无畏的告别

寂静的库木塔格
只有一棵桑树，在荒凉的沙漠上
寂静的库木塔格
只有一只乌鸦，在颤巍巍的枝条上

我能记住的事情越来越少
我爱的人都已离开库木塔格沙漠
只剩下这只乌鸦
和它眼里落日的苍黄

在寂静的库木塔格沙漠上
一切都静止不动，唯有我
在沙漠间，用无畏的沉默
接受了最后的告别

《当代》2024 年第 1 期

偷窥灵魂

夜晚那个赤裸的人
灵魂的荒，暴露出
狰狞
寸草不生的样子
欲望像泥土一样
柔软宽大

那个赤裸的人
此刻，阴暗里刮起的黑风
一阵子就覆盖在他身上
他在那儿喊
我也是风啊……
搅起的黄土淹没了他
几番想破土而出的挣扎
在柔软宽大里
响了好一阵。最后
熄了火

守夜者一寸一寸地

向前挪

修补灵魂的荒

举步维艰。但一直

在泥土之上

没有沦陷。光也是

爱也是。默默伴行

热烈而随风自由

那些被融入故乡的风景

成了我笔下飞翔的双翼

他撷花俯身，撩拨她的心

她泛起的涟漪振动

回应他的意。我对故乡的痴迷

因它承载着一切消亡的事物

物化着我正在消亡的生命

热烈而随风自由……

过往寄回的信件，请查收

故乡土房残缺的一角

只剩下斑驳的叶片填补

土房子的前世今生

历经了沧桑的变迁与跨越

土坯—石头—砖瓦

在人们的印象里一直存在

但是却变不成有用的建筑材料

它们一直在这里

有着不为熟知的历经过程

现如今，却不得不接受命运

被淘汰——待坍塌——沦为平地

被虫食的木门

留着过往古老的样式门牌

门上的字眼早已斑驳模糊，无人在意

被踩踏和跨过无数次的门槛

如今再无人越过

还有那漫天尘土里骑马的男人

满目华灯前伫立的女人

像极了一个穿越的故事

关于一只流浪狗

她的眼里盛着整个世界

不畏惧矛盾

在一切有思想与灵魂的生物身上

矛盾令其生动

好比在动物身上

我看过世界上

最恐惧，最残忍，最孤僻

最凶厉，最惹人怜爱

最难以言说

而久久不能忘怀的眼神

猫

上一秒是囚禁的王子

下一秒是落魄的流浪儿

小到偌大的别墅区

只能容下孤独的它

大到偌小的垃圾桶

能容下很多个它们

在形同虚设的世界

它走向人类，被接受喂养

被抛弃，却是人类

作为甲方的选择

记一位修鞋的老人

拎一双被路走坏的鞋
去找二道桥下
一个等待修鞋的老人

叫一声老师傅
冰冷的墙壁，送来回声

一个被岁月吹弯了腰的老人
衣着简朴
无数次看他把一颗钉子
放到嘴里，像接力赛一样
用嘴唇含住
用锤子往鞋上砸一个
就从嘴里往外吐一个

鞋子在他手里
不停地上下左右翻动
缝线，粘贴，钉钉
用力地砸进去

阳光下经年曝晒的
古铜色的脸，带着慈祥

他的目光无声地撩起
一双裂口的手，像钢丝绳
划过的裂痕

有一天他突然说
我在三十年里修好了
无数双鞋的裂痕
却修不好心的裂痕
三十年了
他依然在缝补内心

人来人往，他不会再重复这句话
但他会把一双双鞋的裂痕修补好
无数次修鞋，就是为了修补他
内心的裂痕

第二辑

验　证

在吐鲁番盆地，北风
会把一个人的脸雕刻得更加干净
西北腹地，空气则潜藏得很深
代替它流动的是羊群和阳光

——《冬天的声音》

身　世

他们遗弃你的方式

就像吹一吹袖口的尘土

别管了，就让马车沿大道驰去

碾压所有的碎石

和所有的蔓生植物

这一世

你注定颠簸于幻梦的国土

在这大道上你会慢慢老去

你的枝叶凿穿了表皮

就像一棵野树始终在你心里

梦游的终点有着柔软的泥土

走来走去的人们有着金黄色的皮肤

他们的汗水在你齿间甜美如甘露

你梦想着，沿着落日的方向驰来又驰去

如果到了那一天，反复攀上那一片

闪烁着柔软光芒的肌肤

是不是就能发现许诺给你的梦想

终于可以歇息，变作一根石柱？

远逝的诗人

有时候，诗就像一种流行疾病
如新冠病毒
萌生，暴发，又悄悄走远
或者你渐渐走过的初恋

有时候，诗就像一种神使的召唤
在文明不能久续的荒原
人类共同维护着感情
像是撕开某种虚伪的面纱
或者在自然中显露我们的一生
弹窗般出来，像深海中的鱼族
在阳光下无比显眼

语言的镰刀

我们都把耳朵
当捕获世界的网
你却躲进它的心脏

钉 子

把蓝天钉在蓝天上
不是所有钉子都能做到的
我发现，我是见证者
更发现许多人，和我一样
都怀疑人生不过如此

人好像就是一颗钉子
又好像不是
不被钉在一个地方又怕漂泊
漂远了的家乡叫作故乡
你的钉子和根已锈蚀成无助

人一生又被钉子制约
即使早已没有了钉子
那个叫作故乡的地方
把你扎得无比牢固
即使你早已不在此地

用语言填满美

人们喜欢落日晚霞

也喜欢荒凉大漠

习惯了日出朝霞满天的配色

换一种打开方式

比如大漠慢慢坠入苍茫

是否同样会喜欢上？

人们究竟喜欢的是太阳

还是日出？想必是日出吧

因为不能忍受单一，不能永恒不变

请你再次振动心脏

将生命填充得越来越美

直到有一天，你发现有

那么多的喜欢，多到

忽略灾难，忽略逃避

沉浸于迷恋

沉浸于美……

星光的无字歌与诗

从丝绵无序交织的云朵中

在空中耸立的沉默未被指证之前

在跌进关于天堂想象的泥沼时

在白日梦能发声的响亮时辰

在一双透明舞鞋蹑行于林间小路上

在村舍安宁未被狗的吠叫惊扰

在玫瑰花刺绕开恋人手指的动作中

在莲花底座捧出慈悲的雕像前

在大理石台阶印上"蹚了一次浑水的足印"

在吐沫、垃圾、伤残躯体的废墟

在夜的大氅从皱褶里滑落些许童话中

在次要的感觉苏醒保持持续让道的自觉意识

我的睡眠只完成一半、足够圆满

一个拈来的花瓣

让我像十六岁的安吉丽娜·朱莉

离开后，又再次返回

十行诗

每天，和诗歌保持足够的距离

把一些生活断开，推到下一行

试着安插顿号和语气词

坦然面对不得不制造的废料

并慎用它们的名义吵架

当然，也不抑制咆哮

不怕走错房门

每一扇门背后，都站着一个人

来来往往，熙熙攘攘

十行为整，成捆地打包一生

验 证

我们和古埃及人一起面对洪水

但是总有一些会消失

没有消失的是河谷、沙丘

或是乡音

我的脚走不了那么远

无法去验证一次修行

和一段神迹

无法验证，生锈的器皿

和再次的诞生

我的河

人性流成了一条河

流远了就会丢失曾经的清澈

"春夏秋冬利能图

千山万水名可涉"

一堆堆泡沫

水有点浑浊

把这些漂浮物打捞上岸

值钱的全给你

我只想摆渡自己的心

彼岸

冷风

凛冽

病 症

古老的顽症以及坚守的底线
没有随人类的迁移被文明改变
我的身体只比这座城市好一点
可以属于解剖学

头晕，发烧，臃肿，浑身无力
这些算式依次排列
我可以试着喝大碗的白开水
或是让世界降低温度

但无能的辩解压过了一切挣扎
一副污染的躯体不会被随意雾化
总要在合适的时间，才会痊愈
总要以合适的方式，才会作答

除了躺着　我想不到其他的挺拔
除了沉默　我想不到其他的遗忘

即使在午夜

在所有争执都休止的时候

我仍可能，难以入睡

警惕那些尖锐的问题

会突然，召唤我

那会让脑电波瞬间崩断

我安慰

睡不着就睡不着吧

闭目养神也是好的

但眼睛和大脑总是合起来作对

它们疯狂寻找黑暗中反光的物质

甚至眼睛会直线看着屋顶

要把它扎透，把我从圆孔中射出去

我让自己放松，放松下来

我安慰自己说，眼睛睁着，就睁着吧

躺下就是一种休息的姿态

躺在床上就是好的

但我背后的那根梁骨

已好久不会弯曲

一旦它认为躺下的不合时宜

它就会在我身体里冲撞

然后像满弓一样把我撑起

让我无法与大地平行

我愤愤地说，躺不下来
就站起来吧
只要不拼命赶路，也是好的

但是，我始终不能做到
在站立时放弃行走
更不能停下我与世界的对抗
我的脚步周围簇拥着很多
磁性的身影
它喜欢背道而驰
更喜欢不断地挣脱引力
我终于知道
夺去我的睡眠
夺去我拼命地赶时间
是额外的眷顾
让我清醒的生命，胜过其他
我更加知道
人一旦躺下，就不容易站起来
因为身体，太重

生命的输赢仗

一群要命的细胞

拦住了去路

它们躲在阴暗的角落

蓄谋已久

我知道自己最终

打不赢这一仗

但也绝不会让它们

像在别处一样

赢得那么容易

毕竟输比赢

更需要尊严和体面

界 限

天和地的界限是人
人和天的界限是鸟、酒以及羞愧
在人之下，就没有界限了
低谷有继续下沉的权利
任它去，请努力盖住恻隐之心

横向的切口，我们都在抵抗互相接近的弧
也保持妄听和无话可说的冲动
我比大地更相信：落下的声音有别
但同样看见，很多飞翔的动作高度一致

合 页

生活大开大合

总有吱吱扭扭的声音

海浪在拍打或是推搡柔软的狮子

水平面之上，滚轴保持摩擦

像一圈一圈的绳子，旋转成圆

约定的弧线系数画出

两者之间，一块破木板，会比严厉的说辞

更能抵挡千军万马

更能实现错落与完整性

而身体里，要时刻种植铁钉

把自己钉牢在木板或脚板上

安立在罅隙和边缘

多数时候，要完成这些事情

不得不用一张嘴来解释

大隐之人

不懂茶，在我的标准里
好茶即使晚于水，跳入杯里
它也会慢慢沉下去
大隐之人不隐于山
好茶不会扎嘴

大隐之人也不隐于世
世间隐秘的角落早已被占有
他们只得藏于云端
或是口舌之间

冬天的声音

在吐鲁番盆地，北风
会把一个人的脸雕刻得更加干净
西北腹地，空气则潜藏得很深
代替它流动的是羊群和阳光

这是小时候就有的认定
在我的出生地，冬天极为具体
空气就活在身体的周围
那些大声说话的人
面前会凝起更厚的云层

当然，我不是省略窃窃私语的人
在一些冬天，声音总是显得敏感
不知不觉，替我说出很多

等待时间淹没的老屋

等待时间淹没的老屋

变得残缺破损

没有对称的原貌

坍塌的一角，横生的草木

被遮挡，被淹没

仰视，眺望，站在房顶

看到的每一幕

是对时间与过往的敬意

侧视的窥探

是跨越童年的机遇

给 M 的情歌

你升起，滴答，落入蓝色水潭

手上的花分割你与你的悲伤

鱼儿经过你的头发，瞳孔缀满影子

可以不醒来，你睡着的脸是月亮

在水底发光，或是小巷，钟情每一寸黑暗

可能的符号躺在唇边，天地吃掉自己

吐不出什么，风和水草坐下来

彼此抚摸，长大，成为旅人，匆匆离开

水边的姑娘是最美的

你给我的口袋漏水不止，只剩下一头骆驼

行走在柔软的爱情上

致 R. 卡佛

你总是抱着苦涩站在废弃的楼里
生活需要，可以成为任何人，甚至
融进水泥、齿轮、一瓶酒

和诸神站在对角线两端
离婚破产，你的叹息粘在巨额账单上

你用极简省略自我，好像没有你
那些文字也能活
你是雪融之后裸露的冻土
手握冰块来写作，留下面容乌青的纸

喷涌着你梦想的女人、房子、车子
你的路上，只剩狂欢后被遗忘的篝火
如俄勒冈州的屁股般毫无意义

我和乌鸦睡着了，两朵黑云，几片薄雾
路和你睡着了，小说和诗，两面旗帜

我想醒来，坐在楼顶

喊回地核中的失魂之人

《诗歌月刊》2021 年第 12 期

梦想家

附着在世上的刻度，已有二十年

带着梦的飞行轨迹醒来

英国的羊、没有水的河

埃塞俄比亚无人的街道……

我有点无法接受现实的转换

对镜子里的自己感到陌生

在儿时我的轮廓模糊，和万物纠缠不清

甚至梦都是模糊的，而后大叫着醒来

面对这个世界束手无策

我想骑一匹烈马去追逐梦中的热气球

或者成为一个骑手，看着自己和烟雾的影子

虚构成一枝睡着的海棠花

《诗歌月刊》2021 年第 12 期

妹 妹

带上诗歌的口袋

敲晕一匹睡着的木马

我不骑马　我和马都睡着了

粮食也忘记了饥饿

羊角上的伤口

木犁新翻的土地

妹妹，我们都背叛了这里

你的纸船还在吗？

陷入泥坑中的白鸽

是否还能拥抱我和我伤痕累累的马？

它的背上驮着笔和沙漠

干涩得哭不出一滴眼泪

在鄯善，我的马和沙漠都已走失

苍老的等待

袖手于

时光的彼岸

那个夏日

一行行狗尾草

摇曳着

一个游子的孤单

行走在这

琳琅的红尘

却总享受不够

父爱的光阴

终究

女儿的自私

在父爱的无私里

匆匆漏完

遥远的大院

没有了灯火

狗尾草也已被我们

铺成了理想

《民族文汇》2017 年第 8 期

让阳光来敲门

深夜，唯一睁着眼睛的母亲

困在了时间里

我看见她的绝望在生长

直达我的眼前

母亲在她的时间里寻找什么呢？

让黎明叫醒她

让阳光来敲门

一只手替她伸出

她的另一个自己

第三辑
你 是 谁

桑树下的木桩，常有蚂蚁
围绕着一圈圈时光的年轮
汗水漫过额头的荒凉
渴望和欣喜无拘无束地生长
像迎春花，放眼望去
戈壁错落有致的绿色，
已悄悄涂满整个春天

——《春醒》

爱

在沙漠的另一边

她在等待他的到来

她期待思念的他

在夜的另一边

空气中弥漫着付出的爱

她以为那就是永恒

索 取

你的眼睛

走不出我的眼睛

它们夺走我，把我放在

行走在沙漠的骆驼背上

如果不是你的出现

雨会一直下在我的沉默里

现在，我只想说

请离开我的视线

那样，我会一直寻找你

那样，你会一直看着我

竖 琴

寂静栖息在一把

精美的竖琴里

双耳沿着琴声延伸

空气里的某种味道，一种

苦味，压迫在喉咙里

避开众多的视线

双眼沿着琴声延伸

空气里的某种颜色，一种

沉色，润湿在血管里

此时的寂静

他处的竖琴

她回来了，她没有回来

1

穿着艾德莱斯跳舞

从阳光到月亮

影子一个接一个

爱着沙漠的她

死于遥远的死亡

2

用诗歌的语言解释

等待看见

用海娜花涂上的眉毛

用鸽子的语言

对沙漠说话

3

她已死亡这么久

在此处和远处的记忆里
备受煎熬

4

荒漠里的目光
可以是星辰里的一场幻觉
直到影子粉碎
直到进入目光的入口

5

盯着眼前跑过的影子
在葡萄廊里徘徊
她，回来了
她，没有回来

6

囚禁的影子
挣脱禁区的防线
像一面镜子的天空
打了一个照面
照出我们透明的忧伤

7

沙漠消失，鸽子
隐约可见
在沙漠的另一端，影子
在珍爱醒悟的空间里
填满敬畏，填满纯真的语言
纯真的诗

你是谁

你是谁？

似曾梦里的背影

你来过，像夏天的云

饱满十足。但

没有给我哪怕一个回眸

离你很近，却总是握不住你

我闭上眼睛

一张弓，咯吱吱开拉

硬是拉不开

这网天幕

等

我把一颗红豆种在时空

刻着你的名字的红豆

天天独望，日日凭栏

静候

江湖久久传说的裸生

我想知道

我能否接续你的爱

我想明白

能否占据你内心的一角

奈何镜花水月往事朦胧

那场相遇

喜伤了我眉间的多少时光

那刃隔层

剃断过我灵魂的多少重逢

惆怅了风月容颜

褪尽了铅华红尘

静静地走在平凡里

咀嚼着

曾装满内心的单纯薄亮

等待

红豆发芽生根

扮演者

有时
我们戴着身份的面具撒谎戏谑
有时
我们在大地间率性地狂欢起舞

身份错位，假意欺骗扮演的人是我
率性而为单纯天真的也是我
我不过是演绎一个爱撒谎却又率性的人
又或许不是在演
这就是我
我不过是饰演我的道具

承认我的我不一定是我
符合大众认知的我
或许是我循规蹈矩
走过生命轨迹的可能是我
我在自由地扮演我

我与矛盾的辩证关系

矛盾于人的一生贯穿始终

消失前的黎明

水蒸气在纠结与矛盾中下雾

短暂落下的雨

随清晨消散的雾

水回到了水的下一进程

矛盾存在于一切事物发展过程的始终

矛盾，存在于人的一生，贯穿始终

孤 独

影子会随着光的方向改变
那么影子会孤独吗？
光源微弱时，便是它的独处
在阳光房里自由地安居
在广袤的自然里被困于囚禁

我独自一人，选择独处的孤独
交往，结婚
选择拥有同伴的孤独
有时候我的孤独很轻盈
一个气球就能带走我
有时候我的孤独很沉重
任何东西都挪不动我
我独自一人选择独处的孤独

创造遗忘

我可以给你看我身上的伤疤
也可以给你看心上的裂痕
我可以给你讲述不堪的过往
但你接近我的片刻，我就开始倒数
我会在哪一天离你远去
我该如何告诉你，我在遗忘

一个有温度的名字

若一个人的名字

在另一个人的心里有了温度

生命的温度

那

就孵化成爱

爱是无地界的

你

有多远

我们

心

就有多近

以最近的距离感知最远的彼此

你不孤独

想你时候的微笑

是温度

挂在脸上的泪珠

是温度

黑皮肤的棕黑皮肤的笑颜

白皮肤的粉白皮肤的灿烂

更有黄皮肤的绵绵守恋

在天之涯在海之角

在白雪皑皑的北国在红豆艳艳的江南

都是温度

爱把温度包裹成一个暖暖的冰淇淋

举着它

若云流休闲，便在虚空中编织思念之网

若雪落妙曼就热化流转地想你

红尘外

我们二十万万双眼睛

守你

自 私

我有着永恒的爱，因为
世界自愿做色盲
暗送半个秋波，世界一起会意地
闭上一只眼睛，也不想
睁开另一只
你也爱我吗？
我连理智都能流穿，我本来就是
一条心上的河
泪和血早已麻木
河岸上的提示牌，一个个
闪烁着幽光的提示
就是一切，一切之外还是一切
……
汇合处，再拉个网，收留
一切
看着它们一个个最后的一滴生命
被挤对出来，我
会心一笑，闭上眼睛，摇摇
手中正对着世界的放大镜

上面只聚焦

一个字，特别亲切

我

在山顶在风中

有人说

体验美的窒息就去爬山

还有人说

感受爱的刺痛就去爬山

枯黄的山已然萌芽

似乎提前知道我的意向

会当凌绝顶早从感觉里跌落

高处不胜寒也销声匿迹

平和而执着的心的天幕

反而生出久违的感动

我一字一字地

挥舞着你的名字

在山顶在风中

笔画冻结了整个记忆

远空的朦胧是被感染了吗？

分化组合里

总感觉飘浮着你的影子

那颦笑那淡怨那吐出的

每一个音质

美的窒息不可求只可遇
红尘拒绝多一分孤寂
爱的刺痛能感受可透析
孤寂情愿涂一层记忆

调 整

走过人杂的市场

谩骂和牢骚到处设伏

还有夸耀也来充当狙击手

各自盯着你的耳朵

你只能放下自己去做"耳人"

不习惯就叛逆就学坏

生命就这样不留痕迹

……

有山包陡然莅临

有落日陡然莅临

有放风筝的女孩陡然莅临

心，一阵悸动

……

晚空宽大的手掌

收拢时间也收拢一切过客

山河岁月应该是你的背景

将那个学坏的死死压进尘埃深处

"耳人"的素心可能还在

板结的记忆可能还会捻成线

这两样可是星星下童话的帐篷

空白的擦肩而逝

对你仅有的记忆

随霏霏细雨荡漾着

冲刷出一股深邃的历史

我找不到那个支点

风笑了

转身的兮兮神态

广告给世界

未来多了一个傻子

但也可能是知己

所有的诗　所有的涂抹

在那个下午

都成了一张废纸

忽然就摸到了自己

正是那个掉队的过去

已经和你

成了永远空白的擦肩而逝

风筝和看客

飘渺的风筝

在玩初春上空的洒脱

晚照刮起一阵冷漠

驻足貌似观看的人

是在观看观赏

还是在观望

甚至在隔岸观火

没有什么心情

也没有什么冰火

上面的在飞

下面的在看

手不想松开眼睛

眼睛不想松开手

一头飞的是孤独

一头看的是洒脱

红尘注定两头都是

表象的世界

状　态

空灵仿佛天空中飘浮的城市

永远是一个秘密

只要你的吃喝和心依然纯净

就有入场的机遇

不要告诉任何人

你看到的是一个怎样的世界

也不要告诉这个世界它怎样接待了你

要跟现在一样

就当是一场擦肩而过的经历

感动是瞬间的

酝酿则需要多年的坚守

如破坚冰

你肯定能行

可惜路上的风景太好

好得错把它们当成了目的地

原谅吧

大家还只是游客

还都在花钱买眼睛的欣喜

而心它只负责倾听感动

不负责图片传递

所以你只需要倾听

倾听你自己

倾听你黑暗中的私语

倾听你独处时的良知

谁得到了整个世界

在一次汹涌过后

终于变乖

流过泪的云

把谁刻进了心底

油菜花和蝴蝶

天涯某一时

彼此努力去直面对方

那天的夕阳是晴的

晚空下的飞舞

是去猛追青春吗?

一粒尘埃

静静卧于花间

曾经

那片油菜花和蝴蝶

赋予了生命的价值

演绎成一段春天

努力了那么久

好像

从没得到什么
却像
得到了整个世界

"无我"之殇

听说，"无我"的顿悟很简单
是很简单吗？一如水里的月
不知隔了几层幔帐
我，依旧在你的外世界游弋
我听闻过某某某幔帐揭开
可，那只是在江湖里传说
顿悟，永远在若即若离中错过

我知道，遇"无我"
还只是个很遥远的努力
许是在与岁月脱离的时刻

虚构的时光

望着卡在树杈上的风筝
风景变成了隔世
我原是路过打酱油的
抬头看天就看到了这一幕
生活多像是一场放风筝
蓝天在上各得其所
你来去也许自由
也许不自由
说什么好呢?
我不禁怀疑起那些演说家
他们的舌头上有一套宇宙
燃烧的眼泪和会哭的长音
远处飘来的挺可爱的眼神
喜欢我们吧,听听我们吧
这时代唯一没有含金量的
是在"演说"的影子中游离
不需要思想更不需要懂得
你放你的风筝
我打我的酱油
彼此仅是彼此虚构的时光

在人间

太阳竟能这么大、这么白
几近平行地
投下我所见的灿烂人间
远处朦胧的楼群，近处的
小巷、草木
各种姿势的人们和奔跑的小狗
都从它的怀中拥出

看不见的，黏稠的平凡与悲欢
正回旋，涌动
一如往日，有一位老人
正在小巷中起身，离开尘世
一个面容丑陋的婴儿，呱呱坠地
有一个修鞋匠，落日中
紧闭着如灰布衣裳的嘴唇
有一个屠夫早已幡然悔悟
低声长叹却因自己是父亲
卸不下风尘，扔不掉屠刀

时间吝啬者

没有时间，一个月修剪一次头发
是的，我没有时间去经营自己的表情
没有时间，用网剧冲泡一整晚的咖啡
是的，我没有时间
把眼神投掷在巨大的泡沫里

没有时间把一件衣服
摆在身体外面，只为了陈设
衣架已经够多了
我不需要占用自己的身体
没有时间开车，只来得及走路
路啊，比时间来得更加仓促
除了走，我别无选择

没有时间争辩
无法让道理坐在高椅子上
没有时间把所有的事端都挑明
是的，那太耗费时间
一张照片永远不能还原本身

我，没有时间等一块冰糖化成水

我还有很多事情没有时间去做
比如，整治大江大河
让洪水晚一点到达
让眼前的大楼再高一点
可以碰到天上的人
让历史拨快一秒
让一些消失变成重现
如果再有一点时间
我会只讨论哲学
讨论，问题的产生和结束

以上的假设　都不存在
时间，只允许我力所能及
记忆和陈述
允许我每天准时地起床
安心地入睡

寻 觅

在楼兰的一生我都在寻找你

我一看到仙人花开就后悔

你一谈到葡萄园就想到童年

记忆在暮色中升起落下

我每一次的困在时间里都被你遗忘

而你的一生都在楼兰以外游走

我常常在深夜细数陌生人的忧伤

我从楼兰到兰州行走在黄河对岸

两手空空，不过是一种叙述方式

在往日的时光里，它被称作"流年"

有时候

有时候，我真想

混迹做一名路边的乞丐

想从另类的视角

透析人们心理生活的千姿百态

有时候，我真想

狼藉做一个马路道牙边的井盖

直面污浊独自找寻

做一回真实的自己来检验担待

"在寻找自我的领略，体验孤独的气概

感受那份一眼就能辨识的清高和自在"

镜 子

我走进它的光
不足以盲目
也不足以看清
过来的事物

我却看见
水，孤船
站着的女人
她不是
我认识的人

这是，另
一个地方
它的光像撒向空无的
一张网

将来的从前
已经来过

这是面镜子
痛苦在里面沉睡
这是片故土
无人造访

春 醒

二十年后，少年们都已长大成人
少数的，逃离出这个过程
也许是意外，我们成了
长不大的孩子，成了父母和村庄的心事

道路漫长，那些早年离家的人回不去了
二十年前，我们想着要中止旅行
他们说，逆风行走时遇上了沙子
他们说，眯进眼里的那一粒沙子
是二十年前的风吹进去的

桑树下的木桩，常有蚂蚁
围绕着一圈圈时光的年轮
汗水漫过额头的荒凉
渴望和欣喜无拘无束地生长
像迎春花，放眼望去
戈壁错落有致的绿色
已悄悄涂满整个春天

明 镜

我感到自己在发烧
阳光充溢的灼烫

今夜内心涌现
一阵惶恐，如同
消逝在沙漠里
的一声狗吠

我分辨出自己的脸
我看到自己被遗弃在
无限之中

看，一个荒芜的灵魂
一面无法穿越的明镜
它碰巧在我身上苏醒
与我结合

那生我于世，非凡的善
如此缓慢地将我分娩

避风港

死亡有时会登门

丈量人体，拜访被遗忘

生活仍在继续，尸衣

在无声中做成

葬礼更加

密集地到来

像接近城市时的

路标

数千人的目光

在细长影子的世界里

飘移

天色如一场骤雨突然转暗

母亲忧伤地踩着陈旧的缝纫机

将四月和五月

紧密无隙地缝合在一起

后 记
——记忆、变迁与归宿

桑树下的生命旅程

在《桑树下的迁徙》这部诗集中，将个人记忆与社会变迁紧密交织，不仅是一次对故乡生命旅程的回顾，更是对近几十年中国社会深刻变革的细腻描绘，它让我们得以窥见时代背景下的心灵迁徙与文化流转。

时代的印记：社会变迁与个体记忆

自改革开放以来，中国经历了前所未有的经济发展与城市化进程，无数年轻人离开乡村，拥向城市，寻求更好的生活与机遇。这一过程中，传统的乡村生活方式、文化习俗乃至自然景观都面临着前所未有的挑战与变迁。正是在这样的背景下，以桑树这一具有深厚人文和地域特色的元素为切入点，展现出社会变迁对个体与群体生活的影响。

文化的坚守与寻根

在快速的城市化进程中，传统与现代的碰撞尤为激烈。《桑树下的迁徙》通过描述桑树的兴衰，反映了文化传统在现代社会中的地位与命运。桑树不仅是鄯善县的自然标志，更是当地的乡邻和族群情感与记忆的载体。诗中，桑树的消失象征着传统文化的消逝，唤起了人们对传统之根的追寻与文化的坚守。在追求现代化的过程中，不应遗忘自己的根源，不应忽视那些默默坚守在乡村、守护着传统文化与自然生态的人们。

心灵的迁徙：从乡村到城市

《桑树下的迁徙》不仅是一部关于地理空间迁徙的作品，更是一次心灵的迁徙。随着年轻人的离开，乡村变得空旷，而城市却日益拥挤。这种空间上的反差，反映了人们内心深处的矛盾与挣扎。

结语：时代的见证者

这部诗集，是对一个时代的深情告别，也是对未来的热切期盼。无论时代如何变迁，那些根植于心的文化与情感，始终是连接过去与未来的桥梁，是每个人心中最宝贵的财富。

在这个快节奏的时代，每一棵树都有它的故事，每一片叶子都承载着历史的记忆。《桑树下的迁徙》是对生命本质、社会变迁与文化传承的深刻反思。本书以新疆鄯善县的桑树为线索，串联起了一幅幅生动的画面，从桑树的生长到衰败，从乡村的宁静到城市的喧嚣，从个体的成长到民族的变迁，每一章都是一次心灵的迁徙，每一次迁徙都是一次灵魂的觉醒。

桑树，作为鄯善县最具代表性的自然景观之一，不仅象征着生命力的顽强与延续，更成为了连接过去与未来的纽带。在书中，与本人熟悉而遥远的场景，仿佛就在眼前。桑树见证了时间的流逝，也见证了人情冷暖。它静静地站在那里，成为了一个时代的见证者，一个文化的守护者。

然而，随着时间的推移，桑树的命运也悄然改变。它们被砍伐，被遗忘，正如许多传统的东西，在现代化的浪潮中逐渐消失。这不仅是对自然环境的破坏，更是对文化根基的侵蚀。通过对桑树命运的描绘，表达了对传统价值的怀念，对文化断层的忧虑，以及对现代化进程中如何平衡发展与保护的思考。

诗中，打馕的年轻师傅变成了老人，这不仅是岁月的痕迹，更是社会变迁的缩影。每一个个体的故事，都是社会大背景下的微小注脚，但正是这些微小的注脚，构成了社会的全貌。展现人在变迁中的坚守与适应，同时也提出了一个问题：在追求现代化的过程中，我们是否应该更加珍惜那些根植于土地的文化和情感？

"暗光里的亲人底色越来越淡"，在现代社会的快速发展中，人们往往忽略了最宝贵的情感联系。亲人之间的纽带，如同那渐行渐远的影子，看似无形，实则不可或缺。在追求物质生活的同时，不应忘记精神的滋养，不应忽视亲情的力量。

总之，《桑树下的迁徙》是一次对生命、文化和社会的深度探索，是变迁中的希望与挑战。追求现代化的同时，不应忽视保护传统文化的重要性。提醒自己在前行的路上，不要忘记回头看看那些曾经养育我们的土地和文化，因为它们是我们永远的根，是我们灵魂的归宿。

王 族

2024 年 7 月 8 日夏于乌鲁木齐

图书在版编目（CIP）数据

桑树下的迁徙／马永霞著 . -- 北京：作家出版社，2024.11.
（中国少数民族文学之星丛书）. -- ISBN 978 - 7 - 5212 - 3024 - 6

Ⅰ. I227

中国国家版本馆 CIP 数据核字第 2024CS8701 号

桑树下的迁徙

作　　者：马永霞
责任编辑：李亚梓
特约编辑：赵兴红
装帧设计：琥珀视觉
出版发行：作家出版社有限公司
社　　址：北京农展馆南里 10 号　　　　邮　　编：100125
电话传真：86 - 10 - 65067186（发行中心）
　　　　　86 - 10 - 65004079（总编室）
E - mail: zuojia@zuojia. net. cn
http: // www.zuojiachubanshe.com
印　　刷：唐山玺诚印务有限公司
成品尺寸：152 × 230
字　　数：20 千
印　　张：8.5
版　　次：2024 年 11 月第 1 版
印　　次：2024 年 11 月第 1 次印刷
ISBN 978 - 7 - 5212 - 3024 - 6
定　　价：48.00 元